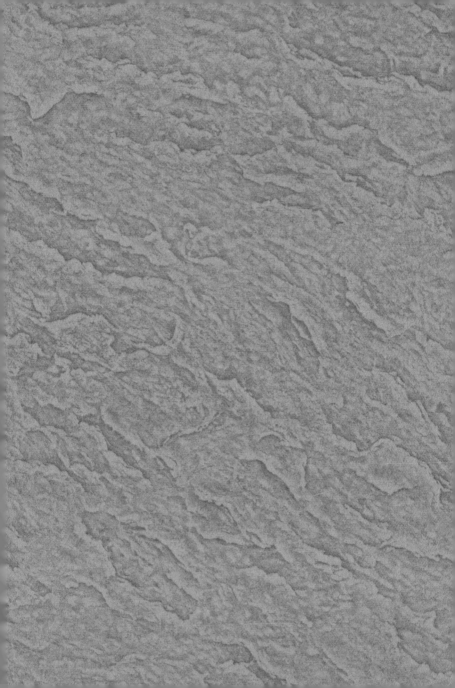

# 二人芭蕉

詩でたどる　おくのほそ道

中谷泰士詩集

Nakatani Yasushi

ふらんす堂

目次

# 二人芭蕉

## ――詩でたどる　おくのほそ道――

解題

●それぞれの内容に従った小見出し（主に地名）は、岩波文庫版を参考にしました。一部作者の都合で変えた部分があります。

●俳句や和歌などの引用は、岩波文庫版に準拠しましたが、読みやすいように変更している部分もあります。また、ＨＰ等から引用した場合もあります。

●それぞれの詩には、芭蕉たちが訪れた事情を記した文を付していますり誤りや思い違いがあっても、その文責は作者にあります。

二人《ふたり》芭蕉

おくのほそ道を歩いている芭蕉
おくのほそ道の草稿に手を入れる芭蕉
交錯する時空

## 【序】　月日は

今日も今日とて　夢もうつつも
ほんのり木陰の向こうがわ
陽はひろがっています
春めくにはまだ早く
目を覚まして　私はどこへやら
月もまだ昇ったまま

身の回りがひとときの客舎
陰と陽は立ち代わって
私のようなものも　依り代にする
行きかう年月も　今更です
しばらくは　旅をよそおうつもり

定住したくなかった
漂泊を願った
年が明けてからずっと

いろんな仕事も引き受けてしまえば
やってしまう性分で
百代の過客もどこへやら
でも　心の底は漂泊だった

風羅坊が一皮むけた
海辺の長い道は　出会いに満ちていた
ああ　姨捨山もひたとせまって忘れられない

ただ　もういいのです
さすらいに何かを求めるのは終わり
さすらいにさすらう　これ

片雲の風　胸にずっと流したまま
深川の家を明け渡します
心一存　雲の移動のように

西行殿や多くの先人と
どこまで　言葉思い浮かぶか
はかり知れません

雲泥にまろぶにしても
ともに語らう友垣もおりますが
杉風《さんぷう》さん　頼みますよ
なんとか
道祖神へとりなしを
うまいことしておくれではないか

股引の破れなんて
気にしてないわりに繕っています
習い性の灸も口実めいて

ああ
生活が　まだ見ぬ言葉が　旅ににじむようだ

# 雛の家を離れて

元禄二年二月の終わりごろ、芭蕉は本所深川の芭蕉庵を引き払い、弟子杉山杉風の別宅に仮住まいした。「おくのほそ道」への出立をしばらく後に控えていた。

私と似た年の人たちが
本所深川を歩いている
みんな元気そうだ
桜の便りもあちらこちらで噂になる
寒さも峠をこしたねえ
身体は　大丈夫かなあ
桜咲く頃　あちらに行けるだろうか

旅立ちはいつも賑わしい
私のためにみんな動き回ってくれた
なのに　ひんやりぐらぐら心の奥
冷たく噴き出る湧水のよう

厚意はわかっている　でも
感謝の言葉も　心もとなく

思えば　なんと性急だったろう
職業と聞かれて　旅人とつぶやく
照れと晦渋　ホントの自分はどこへやら
単にせっかちなだけだったのに
杉風さん　名物の饅頭食べるかね
まだ固くなってないよ
食べとかないと心残りだ

前の住まいに越してきた人たち
なんと　いい人たちだね
きれいに畳を拭いておいてよかった
あわてふためくのが習い性でも
心が静かになったよ
急にいろんなものが見えてきた

かわいい着物が箪笥にあって
雛飾りは　たぶん押入れ
思わず　口をついて出たんだよ
　草の戸も住替《すみかわ》る代《よ》ぞ

日と月が体を出入りする
旅慣れているのに怖気づく
あれやこれやと世話をかけるね
旅先で困らないためにも
連絡と準備は入念にしたいのだ
松島で月が私を待っている
不肖　芭蕉　旅先でお世話になります
お会いできるのを楽しみに

## 【旅立】 千住旅立ち

三月下旬に芭蕉は、深川から千住まで舟で移動した。
　行春や鳥啼魚の目は泪
見送る人は後姿が見えなくなるまで見送り、見送られるものは
後ろを振り返ってはいけないとされた。

無理を承知の　うつり行き
ぐっと心を丸めておりますが
前途三千里で心がいっぱいです
せっかく奥の道に足踏む縁をいただき
しかし　しかし
無邪気に喜色満面でいられましょうか
寂しくて　その実　心は嬉しゅうて
またいつかは　と言ってみたいわけです
上野谷中の花の梢と口に出さないと
恰好がつきません
やはり　好きな人への未練がましく
さらりと月を眺めているのがよいようです

川を越え　人と別れ
少しずつ江戸が遠ざかります
風景が移ろうにつれ　人がいなくなります
最後まで見送ってくれてありがとう

生きとし生けるもご同慶のいたり
ああ　泣いているよ　そう思えるんだよ
季節の虫けらが推し量って
春まんまからの涙滴《なみだつぶ》　草むらに　落としていったような
空からの一粒　鳥たちかしら
輪っか描いて　手を振って　いたような

風景が横から後ろへ遠ざかります
振りむけはしないけれど　泣いてしまうのだよ
まずは　書きしたためるところから
なんでも投げ捨てるつもりで筆を下ろします
墨の匂いは　新緑の風に乗って

## 【草加】　ついちょっと

日光街道二駅目の草加を過ぎる。旅に出たものの、生きて帰れぬ不安や老いからくる体力の衰えから、よろよろしながらの宿への到着であった。

久しぶりの旅ゆえに
辛さも　つい忘れていた
嬉しさばかり先立って

なんて嘘つきだよ　私の体は
肩の荷物が重くて　ゆくえも定まらない白髪の身
といいつつも　思わず進んでしまいました

町を通り野山を通り田畑を通り
歳月と人まで通り過ぎ
艱難辛苦と切り出す先から
もうとっくに　髪はちりぢり

呉天の恨みを重ねるどころではありません

けれど　ここはもう粕壁
草加の町は千住と少し似て
何と多くの人々が行き交っていたことか

賑わいを見せる宿を通り越し
今年は元禄二年だったなあと思う
生きてきたことを眼だけが喜ぶなんて
因果な私だ

肩やら首やらこすれて痛い
年月も旅の荷物もかさばるのだけど
擲《なげう》つには　義理が重い

宿の壁に寄り掛かって　ほっとする
旅人になるには　まだちょっと
時間がかかるようだ

## 【室の八島】　旅の始まり

千住を過ぎ、草加と室の八島へと足を進めた。火を放って無戸《うつ》室《むろ》で火々出見尊《ほほでみのみこと》を生み貞操の証とした木之花開耶媛《このはなさくやびめ》。そのいわれなど曾良が芭蕉に語っている。歌枕を求める旅が始まった。

何も　足を遮らない
閑《しずか》で何もないまま道は続いていています
たしかに　私たちは歩いている
まだ　旅は始まったばかり

慌ただしかった決意のころ
あんなに考えて　あれほど説得したこともなかった
体のことを考えろ、残された人はどうなる、
あんなに言われたのに
馬のはなむけをされた　涙で見送られた
忙しい旅立ち　なのに　始まれば旅の　この閑寂

とんとんと歩みが進んで
旅する身は　道端のすき間に消えてしまいそうだ
消えないために　この身を分けてしまおう
まだ見ぬ奥羽その歌枕に思いをはせる痩骨白髪の私
身も軽く心まっさらになって　道に融けていきそうな私
俳諧の　人情と非人情のはざまにいて
私は真っ白に道にいる

歌枕はどこにある　そんなことは足と目が忘れている
おや　曾良　ありがとうよ
物知りだね　室の八島にそんないわれがあるのだね
無戸室《うつむろ》からの室の八島か　こんな田舎に過ぎたる縁起だ
煙の歌枕ということなら
長途の行脚に消えてしまう私のようだ
ただ烈しい旅の感傷が　熾《おこ》っているのだがね
曾良　もういちど伝えますよ　ありがとう
おまえのおかげで
痕跡のない景色に何かが重なった

# 【仏五左衛門】　まじめな仏様

日光で泊まったときのこと。「我名《わがな》を仏《ほとけ》五左衛門《ござえもん》といふ。万《よろず》正直を旨とする故に、人かくは申し侍るまゝ、一夜の草の枕も打《うち》解《とけ》て休み給へ」と話す人物に歓待される。

さきゆきを想うに
身も心も少々怖気づいております
でも、雨は良い
こんなに緑を見せてくれる

江戸と違って
いよいよ道に入ってきた
人もおもしろい
笑いこらえるのも申し訳ないが
あんなに真面目に仏様であることに
尊敬させていただきましょう

怖気づいても気持ちはなんとか支えられています
尊い大師様のお陰をもって
私たちもこうやっておるのでしょう

曾良　あんなに緑が濃いぞ
勇気を出して先に進もうぞ
見知らぬ土地こそ私たちの養分
月の変わり目は本当に気分が変わる

## 【日光】　二人で

四月一日、日光に入った芭蕉と曾良。空海大師と東照宮の称揚と賛美に続き、芭蕉と曾良は各々一句詠んだ。その後、二人は裏見の滝へと廻る。

二人で捨てて　何もかも
体と心を合わせて　この道一筋
陽の眩しさを木の葉に乗せて

俗界を脱し　物乞いになりはて
巡礼の私はもっと無残でいいはずだのに
夕べ　やさしくしてくれた生き仏殿
継《つぎ》はぎの旅の始まりに　リンの音が胸に染みる
今生の惜しさも覚悟定まり
正直の心も薄衣　更にいや増し
まだ見ぬ松しまと象潟に夢心地

日々足下の覚束なさと生きる闇間
跳ねっ返りのわが道行は
お天道様を頼みとして
言葉が駆け回ります
筆はまぶしさに祝われている
　あらたうと青葉若葉の日の光
足を踏むごと　きらきらっとこぼれてくる
曾良　あまり後ろばかり歩くでないよ
そぞろ神にも道祖神にも
もうお前様のお披露目は済んでいるさ
ともにこざっぱりと
　剃り捨てて黒髪山に衣更　　曾良
では
裏見の滝で　夏行《げぎょう》の気分を味わおうぞ

## 【那須】私たちは見た

四月二日、黒羽にいる知己に会うため峠越えの道を選ぶ。険しい山道の途中で一泊し、那須野の草原に出た。野飼《のがい》の馬を嘆願した芭蕉たちを女の子が追い駆けてくる。小さな娘の名は「かさね」というのだった。

道に迷いつつ迷う　この嬉しさ
那須野の原は　自分の行方さえ分からない
こうでなくてはいけないよ　流離《さすら》いの端緒あっては
野暮ったい草刈り農夫に行く道を教えてもらった
馬も借りた　人情はいいものだ

幾筋も道が　人の世のようだ
誰もいない空　草むら続く杖の先　その先
確かに　私たちは見たんだよ
小さな背恰好　かさねという名の子を

わけもなく付いてきて　わけもなく追い越したり

わけもなくしゃがんで　思いつきで追いついてくる
私らを見上げるその顔
曾良　お前なんて顔してるんだい

野卑で生意気でどこか品がある
ちょうど　身を鄙に埋め　人目をはばかるような
ほんのひととき　那須野の篠原に遊ぶ花びら
　かさねとは八重撫子《やえなでしこ》の名成《なる》べし　　曾良
おいおい　八重撫子は私の案だぞ
それとしても　いい具合に出来たじゃないか
二人で　口遊《くちすさ》んでみるか

馬に道行き案内されて　雨も止んだ初夏
とこなつの　可憐でいとおしい　もはや幻
なにゆえ　撫子の姿と名に心ときめくのだろう
人里が近づいてきた
幻よ　もうお戻り　ここまでありがとう

## 【黒羽】　黒羽余瀬の長逗留

四月三日、芭蕉は黒羽の地にある。昵懇の弟子である桃雪たちから歓待を受け、十四日間留まることとなった。雨にも降られはしたが、多くの旧跡、所縁の神社仏閣を訪れた。
「山も庭に」(「俳諧書留」)は、桃雪宅を訪れたときの挨拶吟。

破格の歓待　まずご挨拶を進上
　山も庭に動き入るるや夏ざしき
旅程遥かなれど
心ひとまず奥州への一息
あまりに濃き相貌　岩と緑のぐるりが
夏模様にしつらえた室に　迫ってきた
それやこれやも　さ迷う前の楽しさというところ

知己とはいえ
たいそうな身分ながら
なにから何までお世話になって
桃雪さんと翠桃さん　私もうれしい

あとわずか　ほんのわずかで
あの緑を越える　その前に

わが師仏頂和尚は
　　むすぶもくやし雨なかりせば
と書き残した
私は私で　長雨を口実に
覚悟定まらない　甘えと体たらく
ああ、みなさんはどこまでも魂の剛毅なことです
本当かどうかは別建てとして
武張った言い伝えが　鄙びた篠原に多い
言い伝えの風景　幻はどこか勇ましい

殺生石と化した哀れに美しい眷属　玉藻
または
弓の武人が南無八幡と願かけた念を思う
光明寺　役の行者の高足駄に
旅の成就を　祈って　また祈って

けど　このあたり
けっこう武と文が分かちがたい気分
いろいろ連れられ
勇ましく白河の関を突き破りたいものだ　と
自然、心に殺気が移っていた　と言いつつ
まだまだ心構えができておりませぬ　と
あの大きな雲の向こう側
多くのもののふに　言ってもみたかった

憧れに似た十四日間　とどのつまり刹那
あの山雲緑を越える力は溜まっただろうか
途上で力折れた旅人へ伝えよう
　野を横に馬牽《うまひき》むけよほととぎす
仰向きでも俯きでも　殺生石のまわりを
じっと見つめて　いざ後方へ　追いやる

## 【雲巌寺】　木立ちの中で

黒羽滞在中、禅の師である仏頂和尚の修行の場を訪問したのだった。

北に向かう途上　道はまだ歩くにはひんやりと
人が　心に向かい合うのは
春の終わり　浅い緑のうちがいい
空もいい
季節だけを仏頂和尚は見ていたのだろう
教えていただいたことも

死生も忘れ
心流れて　中国の高僧に思いをはせ
風に話しかけられ　雨を浴び　瞑目して日ざしを喜ぶ
木啄も緑も　和尚も　そして私も　なにもかも融けている

## 【殺生石・遊行柳】逸話二題

那須のあたりの逸話。
殺生石に向かう途中、馬方の男性に「野を横に…」と句を渡す。
戸部某《こほうなにがし》（桃酔）の勧めを思い出し西行ゆかりの柳に立ち寄る。

〈殺生石〉
夏が来た　夏が来ている
心を高ぶらせ　無理強いをさせる夏
殺生石は確かに見てもいいけれど
見たくもないけれど、誘われてしまう
数日前の私も殺されてしまいそうだ
黒羽は楽しすぎたね

夏　ほそ道　いったん心の時間を
あの蝶のように折り重ねよう
もう白河の関だ

魅入られた人の顚末は何だろうね
毒気にやられはしないけれど
ほら　あなた　勇ましい面構えで　うれしそうだね
私もにこやかでいますよ　少し不穏の心を抑えて

〈遊行柳〉
桃酔さんは
見せたくて見せたくて　仕方ないのだ

わかりましたよ　ほんとうに
柳のかげにあの方が佇んでいたということ

おかげさまをもって
遊行の真似事のわが身も向こう側に歩けだせそう
田んぼ一枚　植えられた景色　とよく心にとどめ
西行殿の念を置いたままに

曾良　行きましょうや

## 【白川の関】　夢かうつつか

四月二十一日。古来多くの歌人が白河の関を詠みこんできた。その関を越えるにあたって、二人はそれぞれの感慨を持たずにはいられなかった。

卯の花をかざしに関の晴れ着かな　　曾良

たよりない　たよりない　ああ
　と嘆くのもつかのま
うつぎの木の横を通り過ぎます
ご無沙汰しています　白河の先達の方々
気苦労と神経痛で　風流にほど遠い心持ち
長旅の予期に倦んで　ふと卯の花
よろ足のよろけた先
筆をとる曾良からあれこれ相談がきます

夢にまでみた　白河の関のあたり
あたり前の旅景色　巡りさ迷い
卯の花をかんざしに見立てて

歩く曾良は楽しそうです
目と鼻の先は　緑の濃いにおい
見知らぬ土地の国境は
細かな雨のように切れ目がありません

ああ　よおく歩いている
白河の関は　もう後ろでしょうか
いつのまにやら　もう　みちのくに

## 【須賀川】　気分のような

四月二十二日、阿武隈川あたり、みちのくに入る。芭蕉たちは、相良《さがら》等躬《とうきゅう》を訪ねた。「白河の関いかにこえつるや」と聞かれたときの芭蕉は、何を想い続けていたのだろう。

時の中で見つけてほしいような　見つけてほしくないような
気分とは妙なものです

雨も降るような降らないような
時にまかせ会津磐梯山、磐城、相馬、三春を過ぎてきました
白河の関はもう頭のはるか後ろ、足の裏のずっと向こう側です
先達の言葉が染み込んだまま　奥に　奥へとなだれていきます

こんな私をだれか見つけてほしいと願うのは不遜でしょうか
歌枕に浸りきる三叉路で　何か　予感めいています
でも　気づいているのは私だけ

とりあえず　挨拶
　風流の初《はじめ》や奥の田植《たうえ》歌
心に残る私の幻が　那須の道端で立ち尽くしています
私を拾い上げてくれるのは　誰でしょう
なんとはなく　等躬さんとの歌仙も　上の空
こんなにも楽しい日々　でも
ただただ　見つけてほしいような　見つけてほしくないような
静かな山中　コツッと落ちる木の実のような
ほんの少し　自分にいら立つ　気分
笑う私は　その表にいる

## 【あさか山　しのぶの里】真似事を探し回る

四月二十九日、つとに知られたあさか山のあたり、菖蒲に似た「かつみ」を探すも土地の人々は知らなかった。『古今集』の恋の歌をよすがに探していたのに。

探し回る後ろ姿を
自分で見ているような
それでいて　奥の方から湧いてくる甘酸っぱさ
道を逸れて　あさかやまに脇見する
花かつみを探す　遠景の私
　みちのくのあさかの沼の花かつみ
　　かつ見る人に恋ひやわたらむ　　よみ人知らず
気づいていますか
古今集にいるのは　ちょっとだけ花を見たいと思う
この不埒な芭蕉だよ

でも　そのちょっとがうまくいかないと
心残りでね
だいたい　誰も知らないんだよ
花かつみも　私のことも

目が覚めても　梅雨どきなのに　この青空
旅する私の目を　時は今やと待ち遠しい様子
こんどは
　みちのくのしのぶもぢずり誰ゆへに
　　みだれんとおもふ我ならなくに　　源融
この石は　あるにはあったが土に半分埋まっていた
そう　埋まっているなら掘り出してしまえばいい
今ごろは田植えにいそしむ　鄙の人々
私が代わって　お天道様の下　よっこいせいと
しのぶ文字摺りの真似事に　いそしむ

# 秘密の仕業

「しのぶもぢ摺《ずり》の石」を尋ねるが、土地の人々の扱いは慳貪なものであった。

神さびたとは言いますまい
秘めた恋心に乱れることは
聖女にふさわしくない
早苗とる手もとや昔しのぶ摺
あこがれてやってきた
けれど

うつくしい指の伝承は日々に堕ちる
時間に埋めたのは誰だ
私　だ
土地の人ではない
掘り出したのは誰だ
やっぱり　私なんだ

## 【佐藤庄司が旧跡】 記すほどに

奥羽街道の瀬の上という宿場に着く。藤原秀衡の臣、佐藤一族のことを想い悲しむ。中でも、継信と忠信のそれぞれの妻のことを思い出しては心打たれるのであった。五月朔日であった。

筆にとどめるだけで
やけに奮い立つ
いや
これはいささかでき過ぎた私だ
勇ましくも哀しい　心奮わせる物語の予感
ついつい　涙が先走ってしまう
見てきたかのように

落ち着きなさいよ　曾良
武者震いと頬をつたわるものを見せてくれるな
物語はまだ始まっていない
（いや　それとも只中にいるのだろうか）

なんにしても記録だ　五月一日だ
まず弁慶だ　でも涙に浮かれるな
捜し尋ねたことが肝心なんだ
堕涙《だるい》の故事をこそ心に刻め
後に残されなかったら　二人の気丈な女も
私は知らなかった
だから　記すのだ
時間をかけて　幾度も幾度も
見聞きしたこと　その時　を

男たちを　義経たちを　顔を
空に向けよ　風に吹かれよ
まだ物語は始まってもいない

## 【飯塚】　大木戸を越えるもの

五月二日、飯塚に到着。持病に苦しむ自分を憐れむ。ろくに眠れないまま、芭蕉たちは気持ちを奮い起こして、もののふの土地に進んでいく。

辛い短夜をあの方たちも過ごしたのだろうか
追われ追われて　主従の契りはいや増しに強く
懐かしいかの地に待ち受ける運命も
剛毅に受け流し

私と言えば　気分だけは身を捨てての放浪で
体中の痛みに心も弱っているものの
猛々しく流離《さすら》いたいと西行殿を偲んでおります

お湯に浸かれば　なにやら憩われますね
曾良　そんなにくつろぐときではないぞ
熱い湯を背にかけ流し　これでもかと心励まして

同行二人　数は少ないけれど
主従の心持ちで　寝ずにこの夜を明かすのだ
我ら　もののふの似像
これより大木戸越えて
懐旧の向こうに入り
松島への想いを成就しようぞ

## 【笠島】 歌枕見て参れ

五月四日、白石の城下を過ぎ、名取の郡に入った。時節柄の雨で、道行ははかばかしくない。箕輪・笠島という藤中将藤原実方ゆかりの地も遠く想うだけに留めた。

歌枕見て参れ
私は誰かに命ぜられ　ここを歩く
ひどく降りつづいた道はぬかるんで
薄日のありがたみも　さほどでもなく
一縷に　遠くに心残りの跡を想う

流されて　流れ流れて
無念の心を残した流離の先達
曾良　ここ二、三日　私は落ちぶれているか
労多くして　悲哀ばかり深い
歌枕めぐりは　蓑ひっかぶり　笠かぶり直して
こころもからだも　雨を纏いて歩むのだ

曾良　私は落ちぶれているか
形見は残せるか
私をだれか　見つけてくれるか
藤中将を偲ぶ西行殿のように
この雨の中　私をこの途上に刻んでくれないか

まだ疲れがとれていないようだ
今からは　いよいよ奥に入る
お天道様に不遇をかこつことはやめよう
歌枕見て参れ
流されたまま　雨も途上の景色
笠島はるけく　心にとめて
歩みをすすめる

## 【武隈】 武隈の松

同日、岩沼の地で、歌枕として詠まれた武隈の松を見る。門人の挙白の、旅の餞別の句の返しとなった。

上野や谷中の桜　もう散ってしまった
花の命は　何と短い
私もここで武隈の松を見ている
散らないままの命であること

短夜の散り際を想ってみる
私のだ
誰も見てやしない
お笑い草もいいところ

この松にしたところで　松にしては短い命であったことよ
長いのは、歌い継ぐ先達の心だ

夕べの雨に濡れて　木肌がきれいだ
もう何代目だ　切られたり接ぎ木されたり
　武隈の松みせ申せ遅桜《おそざくら》　挙白
そう　しっかり見届けましたよ
今日　二またの根
あいさつもさせていただきます
　桜より松は二木《ふたき》を三月越《みつきご》し
こんなやり取りも楽しいけれど
まさに　ひと時でしかない
でも　ひと時こそが
千歳の　松の幻のような実《まこと》のような
人の心のような

幾人もの先達よ

## 【宮城野】　新しい知遇と町

名取川を渡り、芭蕉たちは、五月四日からしばらく仙台に逗留する。絵師北野加右衛門に知遇を得、彼に名所を案内してもらう。端午の節句を間にはさんでいた。

もう来てしまっている
いにしえへと心ふくらむ　足は逸る
目当ての人がいなくても　句会が開けなくても

新しい知遇を得た
なんといい人だろう
ここは久しぶりに大きな町
江戸ほどに知己もいないけれど
縁から縁　伝手《つて》から伝手《つて》へと
加右衛門さん　どうもありがとう
いろいろに手を回してもらって
天気もいい　にわか雨も気にならない

そして　宮城野へ

玉田横野の　放れ駒ではないが
馬酔木に秋の萩を思い浮かべ
雨にまされる木の下の露ではないけれど
陽の光も漏れてこない中
しとどに濡れる木々を思う
なんと私たちの気持ちに似合った所なのだろう

今から訪ねる先　心の逸りと先の見えない不安
無謀でもあり臆病でもあり
でも深刻とも言えず　なんとも気にならない
気になることなんてあるはずもなく
歌のよりどころを踏みしめるのみ

松島塩がまの図《え》まで頂けるそう
重宝させていただきます
存分に歩む所存です

奥の佳境にいよいよ

夜の町　軒先に菖蒲
一夜明けて　晴れ
紺の染緒の草鞋二足を餞別される
町中も　私たちの旅も　邪気払い
うらやむほどの心地よさ　真心の人よ

## 【壺の碑】　古きをおとない　声もなく

五月八日、絵師北野加右衛門の描いた絵図に従い、聖武天皇由来の壺の碑に逢着する。千歳の記念の多賀城の跡に旅の辛さを忘れるほどであった。

古きをおとない　すっかりはかどって
すべて加右衛門さんのおかげをもって
多賀城に往く
名所絵図とはよく言ったもの
見やすく丁寧で
見るほどにその心配りもあらわれる

多賀城の跡
聖武天皇　天平六年に造られた壺碑《つぼのいしぶみ》
多くの歌人が心を遠くに飛ばせ
言葉に表す
言葉は露わになるけれど

私たちの心は
川に流され石に埋もれ
生きる道も移り変わり
その変わりように声もなく言葉もなく

だけど　ここに強く文字がある
言葉があることに満ち足りて
涙が出そうだよ
私たちの足跡も　言葉に残したいものだ
在るだけで感極まる
いつになるかは　知らないが

ああ　この文字の姿　忘れられないほどいい

## 【末の松山】　琵琶の松山

野田の玉川や沖の石を訪れる。末の松山の寺で、比翼連理の松に思いを馳せながら、入相の鐘を聞く芭蕉たち。その夜は、琵琶法師の、鄙びた浄瑠璃を聴いた。

息をする暇《いとま》ももらえなく
それもそれで心高ぶり
思いがけず　この身に過ぎた歩き方をしています
ここは　末の松山

越えぬ何かを追いかけて
越えられぬ何かもわからずに
ここはほそ道　果ての前
心焦れつつ　私は歩きます
きっと見つかるはず
旅の果て　その手前の景色にも

潮の匂いが満ちてきた
広がる海原を前にして
武人の歌人を父に持つ女性も
恋しい人を想い
涙を止められなかった　心の色

知っているけれど知らないのだ
在五中将や白楽天、能因法師そして西行
先人の心はまざまざとみえるのに
心の在処《ありか》　その色は　どんなふうだ
ここ数日　足を前に出しながら
ずっと考えている

そうなんだ
旅もいろいろ
海の音もさまざま
私もここにいる

　あまの小舟の綱手かなしも　　　源実朝

武人の歌よみの立ち姿　おそらくは
夢の中で　止まったまま

言葉にならないときは
琵琶の調べに耳でも傾け
心のうちをおさえることとしようか

## 【塩竈】　塩竈神社にて

北野加右衛門の紹介で塩竈神社近くの宿に泊まった芭蕉たち。明くる五月九日の早朝、快晴のうちに参拝も済ませ、午後にはいよいよ松島に船で渡ることになる。

思い返せば
仙台からのお蔭をいただき
こんなふうに　ひどく無事なまま
旅のひとくくりを迎えようとしている
そんな朝

五百年を思い返す
今の私が立っている
ここまで長かったな
われらの国も　その道のりも
こころに浮かぶ　文治三年

奮い立たねばならない
歌枕に偲ぶもの
哀れに連れ添うもの
いかめしくも勇壮な武人たちの姿
では　参拝しましょうや
あとは　松島が待っている

## 【松島】　鳥のように

五月九日の午後、舟でいよいよ松島の地を踏む。その感動は、名文となるも芭蕉翁は句を記さない。中国の詩人を心に描いていたのだろうか。曾良が句を残すところとなった。

よそおい乍《なが》ら　進みましょうや
確かにここは来たかったところ
空想と妄想と憧れの綯《な》い交ぜと
そこから生まれる新しい物語

私は中国の憂国の士だ
または洞穴で座禅する修行の僧だ

私はよそおう　風景にもよそおわせる
想像すれば　夢想すれば　風景は浙江に飛ぶ
　造化の天工いづれの人か筆をふるひ詞を尽さむ
知る限りの詩を口ずさむ

孟浩然に言う
　虚を涵《ひた》して太清《たいせい》に混《こん》ず　気は蒸す雲夢沢《うんぼうのたく》　波は撼《ゆる》がす岳陽城
　済《わた》らんと欲するに舟楫《しゅうしゅう》無し
なにしろ　私は洞庭湖にも行っているのだ　その時は悠々と舟を使って…
蘇軾に言う
　西湖を把《もっ》て西子と比せんと欲すれば、淡粧濃抹《たんしょうのうまつ》総て相宜《あいよろ》し
どんな空模様でもと言うは易けれ
今のように晴れわたった女のような風情もいい

もっとよそおうか　それとも坐ろうか
ここは風光明媚　ただ造化の妙であるけれど
どこか旅の匂いがするのだ
月日を渡る過客の一人
よそおったのやら　本性なのやら
陶酔しながら　自分が見分けられません
いまはもう友垣からの言づてを頼みとして
今宵を過ごすだけ
　松島や鶴に身を借れほととぎす　　　曾良

そうも言えるが　一介の渡り鳥に優劣はないよ
私は　ここで大きく
ぐるりと旋回するつもりなんだ

## 【瑞巌寺】 西行殿を慕う

松島で訪れたところを書き記す。極楽浄土を模した瑞巌寺で、
西行が尋ねたという高僧の伝承もここが由来ということか。

なんとも荘厳な寺であること
極楽浄土もかくや　と思われる
松島の雄島は　魂の積もるところ
心あるものはその清浄にふれ
長らくとどまらざるを得ない
苛烈さゆえ
西行殿でさえもこの地に至る前に
渡りをあきらめた
西行殿を引き戻した松とやらがあるとかないとか
ともかくも
見仏上人を慕う心根の強靱さは
そこまで　私には無さそうだ

だけど　松島の風光の余韻が
やっと　来た

## 【石の巻】　力にまかせ

平泉を目指す二人は、歌枕の痕跡を求めつつも、猟師の通るような山道に迷い、思いがけず開けた港、石巻に出た。

心逸《はや》れば逸れるほどに　道の左右は狭くなる
これは風雅の道か

あねはの松に心残りの日陰を透かし
緒だえの橋を心の上に架けてみては
ついには　どこかもわからぬまま
自分の居場所を見失いました

何かの罪障とも思い至るうち
ここは石の巻
心と裏腹ににぎわう人並み
迷うことをよそおい　戦いを求めて落ち延びる素振りも

どこへやら　と　海を遠く見渡しています
漂泊の身にあっては　泊まる宿など求めなくていい
武者ぶるいのうちにも歌枕が通り過ぎる
黄金輝く金華の下　いくつもの船が行き交っている

私たちは　足を止めない
見果てぬ歌枕を　今日も旅する
　みちのくの袖のわたりのなみだ川
　　心のうちに流れてぞすむ　　　相模
そうだ　私はいつも袖で覆って泣いていたんだ
　みちのくのをぶちの駒も野がふには
　　あれこそまされなつく物かは　　　よみ人しらず
泣いて自由になって　尾駮の駒から見られていたとは
そして
　みちのくの真野の萱原遠ければ
　　おもかげにしも見ゆといふものを　　　笠郎女
いや　私はもう苦しさから飛び立てる
ここは　とっくにみちのくだ

二十里の歩みの中　細くなる道行は
どこか　力頼みの風雅であったでしょうか
それもそれなりに　生きるようすが
宿を断わられたことなぞ　気にも留めませんよ

## 【平泉】 若い力

五月十三日ごろ、藤原三代の繁栄の地奥州平泉に着く。江戸を離れて、一月以上が過ぎていた。武士《もののふ》の生きざまに無常と憧憬を覚えていた芭蕉にとって、要《かなめ》となる終着点の一つであった。

歴史が私を責めたてる
たった今

弱りきった足腰を見てください
あなた方のように
永劫　戦おうとする力は
空から落ちる雨一滴ほども
残っていない

もののふ、なのだね
あなた方は

私といえば
田舎生まれで　無いものねだり
刀で突きあったり刺しあったり
想像するだけでおぞましいが
ただただ　みなさんはうらやましい

ああ、大音声を上げて
槍や大刀を振り回したいよ
とうてい叶わぬ夢なれど
　夏草や兵《つわもの》どもが夢の跡
太い指、筋張った腕、馬も自在に操れて
お互い名を求めつつ　戦う　叩き合う　そのひととき
よおく戦ったぁ　と末期の陽射しが飛び込む
目をかっと見開いたまま
興奮　高揚　痛み　混濁　満足　虚無
日頃から思い描いた通りの死に様
草を濡らす汗と血
分厚い雲にかき消えた雄叫び

渡る風に耳を澄まして
いまだ　地響きが聞こえるか

老いも若きも太ったのも痩せたのも
いろんな私が　ここで
純粋に意地を散らしたのだ
その若さ

ふぅ　ふぅ　とにもかくにも
元禄に住む私に純な意地なんてあろうはずが…
いてて　おお　痛い
石　踏んづけた
叢の深さで気づかなかった

想像が私を責めたてる
その有頂天　その快楽

私は急速に下がっていく

その落差　自然の風景　素の日常
すぅと　涙がでた
ここにきて　なんでも近く見える

# 中尊寺二堂

海沿いに塩竈、松島を経巡り、一転北上し、内陸の平泉に至った。高館を後に進むと、古色蒼然として中尊寺があらわれる。かねて耳にしていた光堂であるが、その微かなきらめきは時空を超えていた。

前も　後ろも　どこにいても
昔も　先も　いつのときにも
痩せた肩をしとど濡らしてきたのに
光堂は濡れないままここにあるというのか

降ったり晴れたり曇ったり
歩くだけ歩いて　やっと　ここに来た

雨など降ってはいない
でも　心は濡れている
藤原三代の栄耀と没落を
ここに見守る私がいる

濡れては鈍色に　または風に乾く甍のように

どうして　雨がこんなに似合うのだろう
でも　瑠璃色の七宝も金色の柱も
残すのは　人だ
私もここに残し人として
佇むことにする
頽廃にすすみ向かってゆく　このひと時

金色二堂の空は　降ったり晴れたり曇ったり
歴史は　そのように生きてきた
時間のすき間　わずかに人は記念《かたみ》を囲う

## 【尿前の関】　流離の余剰

五月十七日前後、出羽の国に抜けようとするが仙台藩の関所を通ることに難儀する。芭蕉にとってこの辺りが細道の北限であった。関所を越えた後もさらに厳しい山道が続く。三日間、大雨で「封人（国境の守役）」に宿泊を頼むこととなった。

体と心のすき間　そこに揺蕩《たゆた》い　やがて穿たれる
さすらいが体中にしみわたる
もっと不自由を　さらに苦しみを
越えられない哀しみを
などと思いつつ先達の跡を追いつつ
旅は続きます

まだまだ
ほそ道に置く歌枕は見て取れる
でも　江戸のこともしきり想われる
行きたいと戻りたい
さきゆき分からず　後にも戻れず

さすらいの余剰が満たされる
ああ
雨も降るし　番所も通してくれないし
実際　旅はいろいろある
おくのほそ道　北の限りをここと定め
私たちは　深い山を横断します

とどのつまり
坂に日暮れる雨までも　と難所に負けて
山中に伝手《つて》を求め　封人のお宅
泊まったのはいいけれど
二泊三日も逗留という次第
旅の苦しみを心地いくぶんよそおって
　蚤虱馬の尿《しと》する枕もと
面白いのは　住む暮らし
棟続きに馬がいて
わび住まいとは別の趣きが楽しい
これとても　さすらいの手土産

曾良さんや　たまにはいいもんだね
俳諧の旨が　逸れ気味なのも

さあ　尾花沢まで　無事にたどり着けるか
ちょっと正念場だよ

## 【尾花沢】 尾花沢のくつろぎ

尾花沢で安息のためか、十日ほど過ごした。気兼ねなく気負いもなく鈴木清風という旧知の門人の世話となった。

ここまでくれば　もう心やすらか
安堵も安堵　あの若者の心意気
朴訥にまさり　別れも惜しいくらい
いい人はいいね　曾良

あの峠の　よからぬ何かにつけ回される怖さ
思い出して震えるけれど
だから　清風さんのところは
あんなに気分を貶める梅雨の雨も
どことなく寛いだ風景となる
北の国の人々と旅が心地いい

ただ
もてなされるほどに
思い出せない何かが　こんな心に膨れる

あれほど体を養生し
よく眠れた数日もなかったことだ
ただ　心に何か植わったように
ああ　眠い　眠い
雨が体に溜まるようだ

ひと区切りついたはずのこの身が
ゆっくり体を横たえる中
庚申待ちの闇景色に融けだしていく
融けていく先に待つ　私のことば
紅花として　我が身にまとわせ

なんと　感謝の尽くしようもないのだ
それなのに　どことなく

旅の心根に別の兆し
それは　口から紡がれる　文字になる前の
糸のごときものか

## 【立石寺】 山寺にて

旧知の師弟の清風たちから手厚い歓待を受けた芭蕉は、土地の人々の勧めもあって七里ほど取って返し、山寺に参拝した。五月二十七日であった。

閑さや岩にしみ入る蟬の声

（初案　山寺や石にしみつく蟬の声　俳諧書留）

ほんの成り行きなどと
口実のつもりはなかったのです
うそのような出来事に俗堕ちしないように
朝に出て　昼をすっかり回っています
はらりと揺れる紅花をあとに
七里も遠回って
ほんとうの清閑を求める途中
ほっと難所を越えたとたん
清風氏の手厚いもてなし
気分上々　口も軽い

世話になるほどに
私は小うるさい宗匠になる
親しき中にも礼儀と言えども
まったくお喋りがすぎた

そういえば
ここ数日小雨が続いていた
雨も忘れるほど
私は何をしている

同行二人
道　逆戻り　押し黙り
夕方になり　宿坊着
人と会いすぎた
楽しかったが
もう二人で口をつぐんで
しんとしていよう
さて　山寺だ

参道に緑がせり出ている
曾良と岩を踏みのぼる
目もくらむ崖に心奪われる
何も話さないでおこうな
目で合図を送れば
軽い会釈のみ

すべての院は門を閉ざし
私たちは誰にも会わない
二人だけになったな
夕方だな
昨日までの姦《かしま》しさが思い出される
誰もいないお堂に頭を下げる
夢のように　心の底に
人々が折り重なり　薄れていく
ああ　寂しい
私は元に戻った

帰り坂　足元のよろめき
よろめき落ちる先
にわかの蟬しぐれ
臍がきゅっと閉じて
我慢していた寂しさに泣けてきた
静かさと紙一重の
その紙を渡りきる一筋の涙

ちょっと一休みしないか

岩に手をつき　うつむくと
蟬声が寄せて返して　二度三度
ふいに凪のような心が現れた

## 【最上川】 焦れて飛ぶ

五月二十九日大石田の高野一栄宅で行われた句会の冒頭の発句
　五月雨を集めて涼し最上川
六月三日、羽黒に向かう舟の中で「早し」の句ができたか。

踏み出す足が　我ながら焦れる
なんという遅さ
獲物を運ぶ蟻のようだ
思い通りにならないのだよ
八つ当たりしたいくらいだ

大石田の句会は盛況だった
みなの真摯さ
風流の極み
居心地のよさ
だが　ひどく
私は気遣われていた

目の前に最上川が姿をあらわす
別人のように立派な私が
川沿いに点々と行く

どんな俳諧を目指していますか
新しい風流に耳を傾けよう
それはもう古い！
ひたむきの眼差しを浴び
臆せず
寸評を続けた私

木漏れ日に目が　思いがけず痛い
私の足も　私の足じゃないようだ
難所を越えた疲れなど放っておけ
景色は生心を露出させる
旅に出て数ヶ月
もっと先へ　もっと風景へ　言葉の先へ

人生も句も急いでいるようなんだよ
　五月雨を集めて涼し最上川
晴れたり曇ったりばらついたり
遠くの山もねずみ色
もうすぐにも雨は上がるだろう
…けれど　何かが違う
言葉はすべて作り事か

ひとっとびだよ　曾良
書付に　さらり
　集めて　早し

ほら　見ろ
目の前の最上川だ

## 【羽黒】　出羽三山にて

六月三日、図司左吉（呂丸）の紹介で羽黒三山の南谷の別院で手厚くもてなされた。そして、霊験あらたかな月山、湯殿山にのぼる。

私が私を見つめている
その道を登っていけばいくほど
私という秘事は　露わにされて
抗いながら　それでも顔を曝し
ここに　山に入る装束身に着ける旅の者一人

それは　似つかわしくない
旅する者が　行者に近づくなぞ
摩訶止観の教えに追い払われる
そのまま雪に埋もれてしまえ

そう

雪深い出羽の国の桜のつぼみ
心は　旅の空のようだ
誰にも言わずに措いておく
旅に徹することは　私を開くこと
その震えあがるような　凍える体感

語ってはならぬことを　私は語ってしまった
自分のことを　こんなに愛しい　と
これ以上は言えぬことだ
　雲の峰いくつ崩れて月の山
いったい　いくつの私を私は
見ていくことになるのだろう
どれほどの私を打擲《う》つことになるのだろう
目を旅に徹する
雪深い出羽の国の桜のつぼみのように
　語られぬ湯殿にぬらす袂かな
心は　もう旅の空のように
月山にて旅人のはてを見届ける

## 【酒田】　涼みの際の向こう

六月十日、羽黒を出発し、鶴岡城下に入る。次いで舟に乗って酒田の町に入る。六月十五日に象潟に向かうが、「あつみ山や」の句は象潟からの帰途で詠まれた。呂丸とはここで別れる。

呂丸さん　どうもありがとう　お世話になりました
あなたとは俳句のお話をよくしましたね
曾良も少し妬むほどでした
いや　私の方からばかり
お話しさせていただいたのかもしれません
あなたは　私だったのかもしれません

小雨が降って　ここ何日かは晴れ間が見えることも多い
体で考えているんだよ
その時々に被る私の肌の言葉を
難所続きの山々を越え
静かな寺を閑静な空の下に経巡り

最上川の清冽さを浴びてきた
ああ　あの霊験あらたかな月山を下りたころ
空が水を含むたびに　私の体から言葉が染みだしてくる
そんな気がする
いや　言葉に体が応じているのかもしれない
その時々で　言葉は空のように変わるけれど
私の身は　ここ一つ

こうやって海に近くいると
これまでの旅が反復されていく
逝《ゆ》く道を戻るようでいて
しかも　終わりにも近づいている
あつみ山から　陸いっぱいの海
呂丸さんや
象潟の雨は　身に沁みたことですよ
景色は時々で変化するけど
肌に降る雨は変わらない
雨ばかりではない　風も山も陽の光も

あつみ山や吹浦かけて夕涼み
暑き日を海に入れたり最上川
たんに涼しいだけじゃない
何かがこの身の内に生まれてきそうな
予感がするのです
呂丸さん　一寸　話に付き合ってはくれまいか

## 【象潟】　風光明媚異相

酒田から象潟に向かう旅は天候に恵まれない。雨の中で暮色を眺めた翌日、なんとか舟で湾内を回ることができた。西行ゆかりの桜古木や神功皇后の伝承を経巡り、酒田に戻った。

胸の奥が酸っぱく高鳴ります
先人たちが訪《おとな》った象潟

それよりも目の前　合歓の花

雨の空気が日差しの中につよく残っていました

…風景は目を閉じています
目をつむっているほうがこころ惹かれます
人も同じでしょうか

日本海に出たあたりから

こころに水が流れ込んでいます
こころに浮かぶ島々は
とりとめもないまま　憂愁に消えていくようです

ゆく先々で長逗留して
美味しいものもいただき
体を休め
存分に
ここかしこ　訪う土地に期待できております
けれど
笑うが如く松島
恨むがごとく象潟
こちら北の海に出たあたりから

私は
どことなく変わってきているのでした

## 【越後路】海　海　傍の海よ

北陸路を海にそって辿っていく。長い道中で体調は思わしくない。六月二十五日から七月七日までの記述はない。ただ曾良はこの間のことを詳細に記録している。一行は天の川を見ることはできなかったようだ。

感情が直に心を打っています
いえ　何も不快に思っているからでもなく
雨と晴れとまた雨と
変わりやすい海沿いの町を下っているからでもなく
いくぶん体調を崩し気味で抜け殻になっているのでもなく

私は天地を旅して先人の跡をたどり
はかない言葉に万感の思いを
ときに高揚させ　ときに静かに　詠んできた
でも奥を横切り　だいぶん海を下るにつれ
私の本性が　自然に乗り移り　乗り移られ
というのは　思いあがってますか

雨の夜も晴れの日も　横には海があります
ここ幾日か　ざわめきが心に揺れているのです
　文月や六日も常の夜には似ず
そう　予感はあった　道行は潮風
そして遠くの佐渡島　その向こうは　波の果て
私は　海の果てに囚われた芭蕉だ
行き着けど行き着けど　俳諧の道は遠くなる
けれど　いつも横にある
こんな感情とは　思ってみなかった
姿を現さなくてもいい　佐渡の島影よ
夜空の星影で　事足りる
　荒海や佐渡によこたふ天河《あまのがわ》
こんなにも自分を曝け出してもいいものか
もう何もいらない　旅の記《しる》しもひとまず置こう
こんなに　ほそ道の途に困憊の身を
　…投げ出すゆえに

## 【一振】　人枕を訪ねて…

七月十二日、能生を立つ。親しらず・子しらず・犬もどり・駒返しなど難所を越えて、市振を過ぎたらしい。「一家に遊女もねたり萩と月」の句を曾良に書き留めてもらったとある。しかし、『曾良旅日記』に記載はない。西行と遊女の伝承でも思い浮かんだのか…

こころは逸るばかり
あのお方の想いは何ですか
そっくりそのまま
言伝《ことづて》を繰り返しております
すりすりと波音
宿の片隅
字面と風物の混濁に心は飲まれております

無理もない　お前の言うとおりだ
もし歌枕そのままなら
ポツンと文机　私は置いてけぼりだ
何にも言えない　何にもない

遠くから見やるばかり
歌枕こぼれ廃れて　やっと風景の髄に没入できる
なんと　朧にまぎれる歌枕の心惜しいこと
昔から貪欲なんだよ
消える前が大好きなんだ
歌枕のあとを　よろりよろりと
季の風に吹かれて

曾良よ　夜半　どこに行っていたのかい
北陸道の難所に疲れはて　こけつまろびつ
言うほどには慌ててはいないけれど
旅の心細さに気がせいて　ふと
起き上がるおまえの気配に気づいたのだ
衾に手をさしこむと生ぬるい人肌
でも　これは曾良、お前のではない
ここに泊まった多くの誰かの温み

鼻を近づけ　もの思いに耽る

この匂いは　誰だろう
こんな妄想も楽しいものだ
肌と肌を合わせ　ささやくように
温《ぬく》く香る萩の花
これはもう歌枕じゃない
どことも知れない宿で見つけた　人枕

私の慕うあのお方は　遊女に宿をことわられ
私の方は　人枕で一宿一飯
はてさて　何が生まれるのやら
お月様にお任せでございます

## 【那古の浦】　歌枕異情

七月十三日から、多くの川を渡り、大伴家持の歌で知られた那子の浦に出る。この地で、歌枕の担籠の藤浪を見たかったがかなわなかった。海から離れ、金沢へと向かう。

早稲の香や分け入る右は有磯海

先人の跡をたどってきた
そんな私も　一緒にいてくれる曾良も
こんなに愛おしい

もう秋がくる
歩く私たち　季節とともに
笠の書付も　沁みる　揺れる
生きていようね

海の匂いと稲の香り、土の匂い
吹く風も思いのほか強い
山と海の間で　ぐるぐるかき回しているみたいだ

ここは　風の土地柄なんだね

初夏のころの担籠《たこ》の藤浪は　いかばかりか
季は違うけれど　私たちは心に浮かんでくるのだよ
だけど
月日は無情だ
家持様の弟さんのように
私は　その地を踏んでみたかった…

歌枕が　どことなく季節に身じろいでいます
そんなこと　私の思い違いか
旅は　心をいそがせる
海からも　遠ざかる

## 【金沢】　秋涼し手ごとにむけや瓜茄子

倶利伽羅峠を越え、七月十五日に金沢に着く。弟子の一笑に会うはずであったが、すでに亡くなったと聞き、旅の終わりに悲しみに出会う。追善の句会が催された。曾良の体調は良くない。

涼しい風が体の中に止まって
出ていってくれません
空いっぱいに星です
私　こんなに癒されていいですか

今宵、知人からもてなしを受け
夜　少々酔って我が家に帰る途中です
未だお会いしたことのない友人が
亡くなったと聞きました

その人は
友達の、またその友達で

私と同じで　人恋しくて
いつかいつかと、お手紙で
お茶の約束を交わしていた

会ったこともない友人に死にはぐれ
今日も今日とて犀川のほとり
初老の体を癒しております
久しぶりに星が体に入ってくる
私　本当に癒されていいのでしょうか

明日は故人の追善句会
俳諧の旅路の途上で亡くなった彼は
こんな私を慕ってくれていたそうです
それなのに　さっき
食べた瓜がこんなにも美味しい
ああ　また俳諧が頭に浮かんでくる
曾良はお腹をこわして食べられない
私一人だけ　もてなしを満喫している

私　やっぱり癒されてはなりません

人生のおくのほそ道
その先に誰もおりません
私　生き遅れております
みんなが
あっという間に追い越します
世の中　摩訶不思議
生きることにいそがしくて

こんな芭蕉は誰ですか
曾良　これでいいのかい
みんながあっという間に追い越していく
お前も先に進むつもりか

星が体にヒリヒリしてきた
服が風にふくらむ

私　道の途上
風羅坊として急ぎます

## 【小松】　しおらしき肉

七月二十四日、金沢を立つ。七月二十五日、小松を立とうとして、門人などに止められる。立ち寄る予定がなかったと思われる小松での句。

しほらしき名や小松吹く萩すすき

悲しい予感が心を吹きぬけ
せつなくて
ああ　空いっぱいの鰯雲
夏の終わりが
旅の終わりも告げています
別れの予感につきまとわれて
こんなに静かに
手のほどこしようもない

ほうっと
私たちの隙間を
涼やかな風が渡っていった

眼に見えないのに　肌が感じます
炎天下
汗みずくの頃ほど
私たち　もう熱くありません

ここに来る途中
大勢の道祖神がいた
蟬の声で私たちを包んだり
涙のような雨を降らせたり
そうそう
夜には馬の尿音を教えてくれた
　しほらしき名や小松吹く萩すすき
お体の具合はいかがですか
もう　一緒にはいられないのですか
私の不徳のいたすところ
誰も来ないほそ道を歩く癖がある
君に真心を尽くすより
大切なことに気持ちが持っていかれた

ほら
半身は風にさらわれ
半身を道祖神にさわられ
俳諧する快楽で　のぼりつめてしまう
体がすりきれた分だけ　魂は感じやすくて
急いで筆に墨を含ませると
浮世からぷつんと切れた私
正気を失って
懐紙の上で転がるのだよ

# 戦いの続き

多太八幡神社を訪れる。そこでの句。
むざんやな甲の下のきりぎりす

戦いの続きに　入っていけない
あんなに　戦った平泉のように
私は　ああ
入っていけはしない

化粧をするのは　私もなんだよ
戦いで死ぬ覚悟を決めているのも私だった
でも
心ゆくまで戦えない　力任せに組み合えない
最後の姿は恰好をつけたいのに
とどのつまり
斎藤別当実盛殿より

終わりの身支度ができていないのだよ

すべての後のきりぎりすのように
心から泣くことにする
事後だとか　冷たいなどとは言わないでおくれ
私の立ち姿は　実盛殿のすぐ隣にあって
本当に立ち姿のまま

名乗りもせずに討たれる美しさに憧れてしまう
でも
私の戦いも　すべての後にある
何年かかっても　過客として組み合う所存
　むざんやな
筆をもって書き留める

この字が死化粧だ
名も知れず消息も失い中空にさ迷い出ては
風流の途切れない声を震わせる

覚悟のないのは承知の上だが
無慙な自分をキリギリスに見立てるのは手慣れている
　　むざんやな
樋口次郎兼光の落涙
縁起の前で　しばらく立ち尽くす

## 【那谷】　秋の白さ

七月二十七日小松を立つ。金沢より立花北枝も付き随う。山中に向かう道に那谷寺がある。花山法皇の云われは言い及ぶまでもない。奇岩、古木のとりなす風景の妙は際立ち、秋の風に哀しみの予感をもって吹かれるのであった。

落魄したわけでもなく
愛おしい人をまだ失ったわけでもなく
花山院の言い伝えのまま
ここに立ち至ったのは　偶々《たまたま》なのでしょう

そう思います
雪の消えない白山を後ろに見据えて
縁起正しき寺を訪れます

秋は歩きながらやってくる
悲哀も歩きながらやってくる
かの花山院の西国三十三ケ所の巡礼を

どんな心ばせでいらっしゃったか
今　秋の心をここで巡礼する
　石山の石より白し
珍しい岩と松の古木が雨に濡れて
透明な季節の移り行きを風に感じる
おお
さあっと　顔を撫ぜていく
北枝さんと見る景色も　いつの間にやら
変わってきたようだね

曾良　心は物憂いままか
私の方は　歩いてさえいれば大丈夫のようだ

## 【山中】 別れの馳走

七月二十七日の夜、山中温泉に至る。宿泊先の主は、久米之助という小童であった。八泊中、薬師堂、道明淵、黒谷橋も廻る。曾良は、行かないこともあった。ただ北枝がともに随行していた。

これでもう何日になりますか
この湯は気に入ってくれましたか
それでも　逝くというのでしょうか

なんとはなく心に滲んでくる予感があった
　あかあかと日は難面《つれなく》もあきの風
秋の訪れをどこかで待ち望んでいた
あなたとの別れを　山中の湯の香りに馳走して
ほんとうは　味わいたかった私がいた
曾良
あなたを卑怯にも風雅の道に言付けようとすること
許しておくれ

ここで　二つに離れることが
旅の途上で必要だった

金沢はよかったね
存分に俳諧に没頭できた
多くの哀しみ　悔い　人との賑わい
そして　風雅
北枝さんは　まだ気を遣って　名残を惜しんでくれる
でも　どことなく困り顔なのは　私の思い違いか
　今日よりや書付消さん笠の露
湯よりも別れが　私たちの馳走だった
このために　造化の語りを尽くして
那谷と伊勢へと旅立つのだ

道すがら　風に吹かれる道芝の露玉を
うすく臨終の目を開けて眺めている
二人とも風雅に向かう途上のどこやらで
行きつ戻りつ　果てもなく

ここまでの道行を何度も反芻しながら
倒れては進み　進んでは倒れ
傷む身の今こそが…

もういったん止めにしよう
もう一晩　ゆっくりと浸かって
互いの身を労わろう
菊を手折らぬほどの　良いお湯だ
稚い主《あるじ》の昔語りを聴きつつ
いつの日かの再会を　微睡《まどろ》むとしよう

## 【全昌寺】 心は急いて

まだ加賀の国にいる。愛おしい曾良は、芭蕉の訪れた前日に全昌寺に泊まっていた。後を追うように、それでも平常心のように芭蕉は越前に向かう。禅寺では、宿を借りた朝は庭を掃いてから出るのだ。

いや　それほど急いではいないし
書き捨てるほどの慌ただしさもなく
ただ　心は二つほどに　捩《よじ》れておりますが

加賀の国に未練たっぷりあるゆえに
立ち去りがたく　心も散らせがたく
余韻のまま落ちる柳を眺めるように

見過ごしたままの月日は　取り返しがつきませんね
秋を掌に包むように感じていながら
こんなに曾良が遠い
何を見なかったんだろう

何を見たんだろう
そんなことさえ　もうはるか昔のことのようだ
残影に話しかける
前のように　千里ものともせずに
以前に帰ろうか
　庭掃《はき》て出《いで》ばや寺に散る柳
秋の風は寺の裏側を通りぬけて
何かの姿を消した

## 【汐越の松・天龍寺・永平寺】　扇を割る

八月十日前後、越前との国境、吉崎の入江を舟で渡り、汐越の松を見る。天竜寺に行き、ここで金沢から同行していた立花北枝と別れる。永平寺まで芭蕉は一人旅となる。

私は私に腑に落ちているのだろうか

福井に入り
北枝さんとの同行もそろそろ終わり
出会いと別れ
月並みな言葉が
人生に打ち寄せまた引いて
しがない古木は
涙にぬれたり涙に喜んだりと
　夜もすがら　嵐に波を運ばせて
　　月を垂れたる　汐越の松
ここにたたずむ西行殿の胸中　心に迫る

扇に書いた文字は　千々に乱れ
でも口から出る言葉は　至極平静なままだ
見た目と心が違うことをわかっていたけれど
北枝さん　どうもここまでありがとう
あなたも素直じゃない私の心に一緒にいてくれました
曾良　今ごろどうしているかな

ここからはしばらく一人の途《みち》です
一人だから　私は一人
　物書きて扇引きさく余波《なごり》哉《かな》
扇の片身を持ちながら　じっと見詰めているよ
分かれた間に見えるのは　何だろうね
分かれた先まで見てしまうのだよ
私はいつまで一人なんだろう
いつまで　人といるのだろう

永平寺まで暫し黙考する

## 【等栽】　心枯れたままでも遊べや

永平寺を出て、年老いた隠士の等栽という人物を訪ねる。十年ほど前、江戸で出会っている。ようやく家を探しあて、二人で敦賀へと向かう。

すっかり　かのほそ道を遠く思い返すようになっている
旅の初めは　面白い人物もいたなあ
都に近づくにつれ
面白さも　ちょっと趣きが異なってきたものだ

一人で歩くから　途上の居場所がわからない
人恋しさもさることながら　実際の途《みち》がわからない
城下町にたどり着くや否や　ほら
私の戯れが始まるのだ

等栽さん　簡単に姿を見せてくれないなんて
楽しいじゃないか

世間に隠れるように住まい
本当に俗に埋もれる人物もいるんだ
京からは鄙びて見えるこの界隈に
風雅を見て取ろうと悪戦苦闘
そんな風雅をよそ目に
いやいや　全てをわかっているから
隠遁しておるのじゃないか

懐かしいよ　等裁さん
　名月は敦賀で
何度でも言い合おう

剽げる仕草　私と同じくらい老骨で
裾たくし上げて　私も朗らかに笑える

## 【敦賀】　旅の終わり

敦賀で歌枕のいくつかを経巡る。八月十四日に等栽と一緒に、宿泊。雨が降る前に気比神宮に参拝する。その時に詠んだ句が「芭蕉翁月一夜十五句」として残っている。

旅の終わりが　月と相成りました
諸々の思い出が旅を彩っていました
風雅と戦いと人々と
それはなんといっても　心の支えでありました
ここに
十五の句をよそおいました

あさむづの橋をひっそり渡ろうとして板を踏み鳴らす
刈られた玉江の蘆に立つ鳥のように歌枕を訪れる
鶯の声を思い出しながらいともたやすく
湯尾の峠を越え　もう義仲と平家の戦いの跡
燧《ひうち》ヶ城を落とされた無念を我がことのように思い

とはいえ　平泉のような高揚もなく
愛おしいまでに帰山《かえるやま》の土地の名が心に染みていきます

敦賀　美しくにぎやかな町　それでいて清冽
月が　冴えわたります　いい夜です
旅の終わりに似つかわしい
　月清し遊行のもてる砂の上
お神酒頂き　夜のうちに
けいの明神に行く

これまでの途上が白く照らされる
どこまでいっても途上で　その先々で
出会う景色と人　そのことば
私は　もう月を見て　帰っていい気持ちがしています
等栽さん　句の出来栄えを語ってはくれないか
人の言葉とは　砂を踏むように
心に残されるもの
幾度も幾度も　語ってはくれまいか

夜気を含む露は　悲しくはなくとも
落ちる涙なのでしょう

風羅坊が想いを飛ばした旅　終わります
新しい土地　古き伝え　憧憬の古人
縁が結ばれ　縁がほどけて
でも
松から見えた月のかがやきは忘れない
　名月や北国日和《ほくこくびより》定めなき
あてどなき身だからこそ　旅に出　旅に帰る
月日の空模様　立ち替わりのように

## 【種の浜】　孤独の言葉

八月十六日、西行が「ますうの小貝ひろふとて」と詠んだ、種《いろ》の浜を舟で訪れた。天気は晴れ、あっという間の到着だった。

残ってしまったのは言葉しかないわけです
季節の美しさも個人の生き様もやさしくしてくれた人々も
すべて俳諧です
これが孤独です

いっぱい俳句を詠みました
何度も何度も皆さんと集まりました
けれど
この孤独はたとえようもありません
かわいらしい薄桃色の桜貝
もう俳句だけです
　波の間や小貝にまじる萩の塵

旅を糧として生きる命が
言葉になって
今日は小さく感じます
佳い日和なのですが…

## 【大垣】　終焉の先

元禄二年八月末、芭蕉は「奥の細道」の旅程を大垣で終えた。加賀で別れた曾良とも合流し、なじみ深い大垣で旧知の門人たちと親交をあたためた。その後、伊勢へと向かうため舟に乗ったのであった。

変わらない人々
変わらない土地
廻る月日を生きられた

どうしてあのころ　死にたいと思ったんだろう
旅に生きて　旅に命を落とす　と思ったものの
さすらいに身を委ねあぐね　とりあえず陽気なまま
心はどこか　上の空

同行二人に
旅狂いの憑物も足し算をした旅振舞いはひとまず終わりです
懐かしい皆さん

また逢えたこと　心からうれしく思います
短い人生だのに　この地でお顔を拝見すること
三回目でございます
このたびは　死ぬつもりらしい
というわたしの噂も耳にいたしましたが…
いやいや　質《たち》の悪い冗談というより
身半分　確かに冥府にありましたので…

桜の蕾の魔力かね
雛の節句にひがんでいたからかね
たしかに
あのころは死んでもいいと思っていた

終焉の　晴れやかな会合は楽しくて
ここ数日愉快に過ごせました
今日はもう
ぼんやり水面のきらきらを見るばかり

曾良　久しぶりだね
お前の声　お前の足音　こんなにも人恋しい

わたしのために飛んできてくれたのだろうね
旅狂いの変わり者で
さびしいくせに一人ぽっちも大好きで
そぞろ神の息吹きに背を押され
そんなわたしを見るに見かねて
一緒に歩き回った仲だった
なのに　この素っ気なさ
別れ気分に紛れて　なんとはなしに
息潜ませているみたいじゃないか

往来はいつも賑わしい
わたしたちも気ぜわしく
懇ろに別れを惜しむ
わたしの声　みなさんの声は
大垣の地に消えてゆくようです

何もかも　当たり前すぎて
口惜しくてならないよ

もうこれ以上　何かが旅を許しません
おくの細道は　もう終わりです
大垣こそは夢うつつ

河をゆく多くの船よ
行き交いを生業《なりわい》とする人たちよ
今年の春　はまぐりは美味だったかね
わたしはいま　別れを堪能している
　蛤のふたみにわかれ行く秋ぞ
桑名への舟が着いたようです
塩辛い涙腺のまま
剝がされた生身ごと

また　めぐる月日へ

# あとがき

旅人と思わせるのは何だろう。旅のよそおいや振舞いという時空間に自分を置くことで、人として失われてしまいそうな何かを留めようとしているのかもしれない。日常から離れることが、自分を取り戻すとは、なんと逆説的なのだろう。旅こそが人生の本質であるのかもしれない。

敬慕する芭蕉翁の『おくのほそ道』を試みとして詩にし

ました。できるなら、原文や解説の本を傍らに置いて、楽しんでいただけると嬉しいです。詩は、所属する同人誌「詩と詩論　笛」に掲載し手直ししたものがいくつか、その他の多くは書きおろしです。同人の方はもとより全国の多くの詩人の言葉に触れることで、芭蕉翁の細道を大垣まで進められた気がしています。またふらんす堂の皆様には本当に多大な労力をおかけしました。感謝する次第です。

令和七年二月三日

中谷泰士

## 参考文献・ＨＰ

『芭蕉　おくのほそ道　付　曾良旅日記　奥細道菅菰抄　萩原恭男校注』
（二〇二二／三／二六 岩波文庫）
『芭蕉の天地「おくのほそ道」のその奥』髙野公一著　（二〇二一／六／一〇 朔出版）
『「奥の細道」をよむ』長谷川櫂著　（二〇〇七／六／五 ちくま新書）
日本古典文学摘集　おくのほそ道（https://www.koten.net/oku/）
芭蕉ＤＢ（https://www2.yamanashi-ken.ac.jp/~itoyo/basho/basho.htm）

## 著者略歴

中谷泰士（なかたに・やすし）

1961年　石川県金沢市生まれ

●詩集

『旅の服』（1999.7.2　ふらんす堂）

『中谷泰士詩集　桜に偲ぶ』（2015.7.1　能登印刷出版部）

『旅を　人の視界へ』（2017.11.23　兼六文芸の会）

●所属

「詩と詩論　笛」同人

日本現代詩人会　会員

石川詩人会　会員

現住所　〒920-0933　石川県金沢市東兼六町6-4

二人芭蕉　ふたりばしょう

二〇二五年三月三日　初版発行

著　者――中谷泰士
発行人――山岡喜美子
発行所――ふらんす堂
〒182-0002 東京都調布市仙川町一―一五―三八―二F
電　話――〇三（三三二六）九〇六一　FAX〇三（三三二六）六九一九
ホームページ https://furansudo.com/　E-mail info@furansudo.com
振　替――〇〇一七〇―一―一八四一七三
装　幀――君嶋真理子
印刷所――日本ハイコム㈱
製本所――㈱松岳社
定　価――本体二五〇〇円＋税

ISBN978-4-7814-1725-7 C0092 ¥2500E